Amy Wild and the Enormous Dog

Published in arrangement with Usborne Publishing Ltd.

ダイアナ・キンプトン 作
武富博子 訳　花珠 絵

動物探偵《どうぶつたんてい》ミア

ハッピー×ハッピー大作戦《だいさくせん》！

もくじ

人物《じんぶつ》と動物《どうぶつ》紹介《しょうかい》

わたしはミア。
この本《ほん》の主人公《しゅじんこう》だよ。

ねぇ、みんなは海《うみ》がすき？
わたしが住《す》んでるクラマーキン島《とう》は、とってもきれいな青《あお》い海《うみ》に
かこまれているんだよ。わたしはその海《うみ》がだいすき！
心地《ここち》よい波《なみ》の音《おと》を聞《き》いていると、時間《じかん》を忘《わす》れちゃうんだ。
あ〜また海《うみ》に散歩《さんぽ》に行《い》きたくなってきちゃった。
そうだ、ママとの用事《ようじ》が終《お》わったら、
ヒルトンをさそって、海《うみ》に行《い》こう！

リリーさん

ミアの近所《きんじょ》に住《す》むおばあさん。
チビの飼《か》い主《ぬし》。

ジョーンズさん

車《くるま》の整備士《せいびし》で
イザムバードの飼《か》い主《ぬし》。

グランティ

ミアの大《おお》おばさん。
ネックレスのひみつを知《し》る
ただひとりの人物《じんぶつ》。

バン

パン屋《や》さんでくらす
黒《くろ》ねこの男《おとこ》の子《こ》。

デイビット

ミアのクラスメイト。
優《やさ》しくて動物《どうぶつ》がすき。

ミア・ワイト

都会育《とかいそだ》ちの女《おんな》の子《こ》。

グランティからうけついだ

銀《ぎん》のネックレスをつけると、

動物《どうぶつ》と話《はな》すことができる。

でも、そのことはひみつで……。

プラトン

グランティの家《いえ》に住《す》む

テレビずきのオウム。

ヒルトン

グランティの家《いえ》に

住《す》むケアーン・

テリアの男《おとこ》の子《こ》。

ミアとは大《だい》のなかよし。

イザムバード

車《くるま》の整備士《せいびし》の

家《いえ》に住《す》むトラねこ。

メカが大《だい》すき。

シャナリー

郵便局《ゆうびんきょく》に住《す》む

シャムねこの女《おんな》の子《こ》。

アインシュタイン

学校《がっこう》でくらす

ペルシャねこの男《おとこ》の子《こ》。

動物探偵団《どうぶつたんていだん》のなかま

1 リリーさんとチビ

「どうしたの、ママ？」

ミア・ワイトは、丸石《まるいし》をしきつめた道《みち》で、となりを歩《ある》いているママにききました。

「なんだか心配《しんぱい》そう。ママの友《とも》だちのリリーさん、わたしがいっしょにいたら、いやがるかな？」

「そんなことないわ。よろこんでくれるわよ」

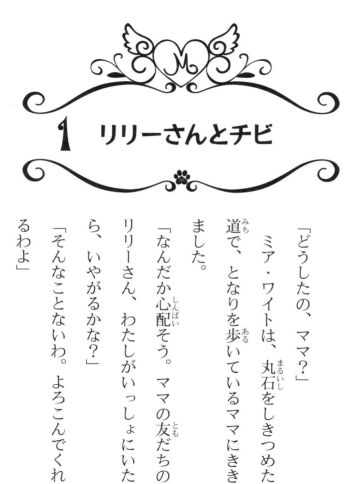

と、ママはこたえました。そして、ふたりのあいだをちょこちょこ走《はし》る小《ちい》さなテリア犬《けん》をちらっと見《み》て、こうつづけました。

「ただね、ヒルトンのことが気《き》になるの。……つれてこないほうがよかったかしらね」

ヒルトンは、しゅんと、しっぽをたらしました。

「どうしてだよ？　ぼく、とってもいい犬《いぬ》なのに」

ママにはヒルトンのいっていることがわかりません。ほえ声《ごえ》が聞《き》こえるだけです。けれども、ミアは魔法《まほう》のネックレスをしているので、動物《どうぶつ》の言葉《ことば》がわかるのです。

「リリーさんは、犬《いぬ》がすきじゃないの？」

ミアはヒルトンのかわりに、たずねました。

「あら、犬《いぬ》はだいすきよ」

ママがこたえます。

「飼《か》っているくらいだもの。ただ、よその犬《いぬ》が家《いえ》に入《はい》ってきたら、チビくんがどうふるまうか、気《き》になるのよね」

「きっとヒルトンを気《き》に入《い》ってくれるんじゃない？　ヒルトンは、ほかの犬《いぬ》とすぐなかよくなれるから」

ミアがそういうと、ヒルトンがほえ声《ごえ》をあげました。

「ちっちゃい犬《いぬ》なら、なおさらだよ」

「ちっちゃい犬《いぬ》なら、なおさらね」

と、ミアはママにわかるように、いいなおしました。

ママは気《き》がかりな顔《かお》をしたまま、むかしながらの小《ちい》さな家《いえ》のげんかん前《まえ》で立《た》ち止《ど》まりました。

「チビくんは、ミアが思《おも》っているほど、小《ちい》さくないかもしれないわよ」

そういうと、ベルを鳴《な》らし、一歩《いっぽ》うしろにさがりました。

ミアは、小《ちい》さな犬《いぬ》がキャンキャン鳴《な》く声《こえ》がするものとばかり思《おも》っていました。ところが聞《き》こえてきたのは、うんとひくい、「だれだ?」というほえ声《ごえ》。つづいて、大《おお》きな前足《まえあし》がさかんにドアをひっかくような音《おと》がしました。

ヒルトンはすばやく、ミアの足《あし》のうしろにかくれました。安全《あんぜん》な場所《ばしょ》から顔《かお》をのぞかせて、ほえ声《ごえ》をあげます。

「ぼくは動物探偵団《どうぶつたんていだん》のヒルトンだよ！」

どうして動物探偵団《どうぶつたんていだん》の名前《なまえ》をいったのかな、とミアはふしぎに思《おも》いました。動物探偵団《どうぶつたんていだん》は、ここクラマーキン島《とう》でこまっている動物《どうぶつ》を助《たす》けているなかまたちのことで、ヒルトンもミアもメンバーです。

ヒルトンは、ゆうきをふるいおこそうとして、動物探偵《どうぶつたんてい》だと名《な》のったのかもしれません。

犬《いぬ》たちがそれ以上《いじょう》の話《はなし》をはじめる前《まえ》に、かぼそくて高《たか》い声《こえ》が聞《き》こえてきました。

「チビ、さがって。とおしてちょうだい」

げんかんのドアがさっとひらくと、そこには、おばあさんがいました。歩行器《ほこうき》によりかかっています。

おばあさんのうしろには、ミアが見《み》たこともないような、とてつもなく大《おお》きな犬《いぬ》がいました。口《くち》をあけて、大《おお》きなするどい歯《は》を見《み》せています。にこにこしているつもりなのかな。そうだといいけど。

ミアは心《こころ》のなかでそう思《おも》いました。

「リリーさん、チビ、こんにちは」

ママがそういって、持《も》っていたバスケットをさしだしました。

「お料理《りょうり》するのがたいへんでしょうから、ミアといっしょに、電子《でんし》

レンジであたためて食《た》べられるものを持《も》ってきたんですよ」

「リリーさん、チビ、はじめまして。ミアです。あの、サンドイッチもあります。こっちは、わたしがつくりました」

と、ミアはすこしドキドキしながら、いいました。

リリーさんはパッと顔《かお》をかがやかせました。

「ふたりとも、なんて親切《しんせつ》なんでしょ」

それから、ミアの足《あし》のうしろにかくれているヒルトンに気《き》づきました。

「見《み》てごらん、チビ。お友《とも》だちをつれてきてくれたみたい」

とてつもなく大《おお》きな犬《いぬ》は、ひくくしゃがんで、しっぽをふりました。そして、ヒルトンにむかって、こういいました。

「来《き》てくれてよかった。動物探偵団《どうぶつたんていだん》に相談《そうだん》したいことがあるんだ」

ヒルトンはかけよっていって、同《おな》じように、しっぽをふりました。

「どうしたんだい？」

二《に》ひきの犬《いぬ》は鼻《はな》をくっつけて、においをかぎあいました。どんな相談《そうだん》なのか、ミアも知《し》りたいと思《おも》いましたが、今《いま》はきけません。ママにいわれて、リリーさんのあとから台所《だいどころ》に入《はい》っていかなくてはなりませんでした。げんかんホールにのこされた二《に》ひきの犬《いぬ》は、話《はなし》をつづけています。

ミアはなるべくドアのそばにすわって、犬《いぬ》の話《はなし》を聞《き》こうとしました。けれども、ママとリリーさんがぺちゃくちゃしゃべりつづけているので、台所《だいどころ》の外《そと》の音《おと》はほとんど聞《き》こえません。

ママはせっせと動《うご》きまわり、持《も》ってきた食《た》べ物《もの》をれいぞうこにしまったり、お茶《ちゃ》をいれたりしています。

「先週《せんしゅう》、〈サクラの里《さと》〉ホームを見《み》にいったんですってね」

と、ママがいいました。

「〈サクラの里《さと》〉ホームって?」

ミアがきくと、リリーさんがこうこたえます。

「老人《ろうじん》ホームなの。わたしみたいにひとりで生活《せいかつ》するのがむずかしくなったお年寄《としよ》りがくらすところよ。お食事《しょくじ》を出《だ》してくれて、身《み》のまわりのこともいろいろささえてくれるの」

「行《い》ってみて、いかがでした？」

と、ママがききました。

「とってもいいところだったわよ。お食事《しょくじ》はおいしいし、スタッフの人《ひと》たちは感《かん》じがいいし、住《す》んでいる人《ひと》たちもみんなとても満足《まんぞく》そうでね」

「じゃあ、気《き》に入《い》られたのなら、もうすぐおひっこしされるんですか?」

ママがきくと、リリーさんはためいきをつきました。

「すぐにでも、ひっこしたいんだけど、チビのめんどうを見《み》ないといけないでしょ。ただね……、今《いま》は、それもあんまりできなくなっちゃったの。わたしもだいぶ足腰《あしこし》が弱《よわ》ってきて、もう、おさんぽにもつれていってあげられなくてね」

それを聞《き》いたとたん、ミアは、リリーさんの助《たす》けにもなるし、大《おお》きな犬《いぬ》とも話《はな》せる、いい方法《ほうほう》を思《おも》いつきました。

「あの、ふたりでおしゃべりしているあいだに、わたしがおさんぽにつれていってもいいですか? ヒルトンといっしょに走《はし》りまわれたら、うれしいんじゃないかと思《おも》うんです」

リリーさんはよろこんで、さんせいしてくれました。

「そうしてくれたら、とってもありがたいわ」

そこでミアはすぐに、ヒルトンとチビをつれて、青空《あおぞら》のもとへ出《で》ていきました。

「さあ、チビ、ヒルトン、おさんぽにいこう！」

みんなで海辺《うみべ》にむかいます。大《おお》きな犬《いぬ》が大《おお》またで歩《ある》くので、ヒルトンは小走《こばし》りでついていきます。

家《いえ》からじゅうぶんに遠《とお》ざかってから、ミアはようやく、たずねました。

「ねえ、チビ。さっき相談《そうだん》したいっていっていたけど、どんなこと?」

「リリーさんのことが心配《しんぱい》なんだ」

チビがこたえます。

「年《とし》をとってきて、ひとりぐらしがむずかしくなっちゃったんだよ。だから〈サクラの里《さと》〉ホームに、ひっこしてほしいんだ。そこなら、リリーさんは安心《あんしん》してくらせるし、人間《にんげん》のなかまもいっぱいいるから。でも、ぼくがいるせいで、ひっこそうとしないんだよ」

「いっしょにひっこせないの？」

と、ヒルトンがききました。

チビは悲《かな》しそうに、ためいきをつきました。

「だめなんだ。ペットは禁止《きんし》だって。だからリリーさんがひっこしたら、はなればなれになっちゃうんだ。考《かんが》えただけで、さびしくてたまらないけど……。でも、それがいちばんいい方法《ほうほう》だと思《おも》ってる」

ミアはくちびるをかんで、じっと考《かんが》えこみました。それから、こういいました。

「リリーさんは、あなたが安心《あんしん》できる場所《ばしょ》でしあわせにくらしているってわかれば、〈サクラの里《さと》〉ホームにひっこす気《き》になるかもしれない。ねえ、チビがどこか新《あたら》しい家《いえ》にひっこすのはどうかな？」

「それ、すごくいい考《かんが》えだね！」

と、ヒルトンがほえ声《ごえ》をあげます。

チビもうなずいて、ほえ声《ごえ》をあげます。

「ぼくもリリーさんも、それがいいと思《おも》ってるよ。だけどリリーさんは、ぼくをうけいれてくれる人間《にんげん》を見《み》つけられないんだ。ぼくは大《おお》きすぎるんだって」

「そんなの、きみのせいじゃないよ」

と、ヒルトンがいいました。

「わかってる」

チビがこたえます。

「でも、やっぱり大《おお》きすぎるからこまってるんだ。だから、きょう、きみたちが来《き》てくれて、ほんとうによかった。庭《にわ》にいるクロウタドリから、いい話《はなし》をいっぱい聞《き》いたよ。動物探偵団《どうぶつたんていだん》がこまっている動《どう》物《ぶつ》たちをどんなふうに助《たす》けてきたかって。……ぼくのことも、助《たす》けてくれる？」

「できるだけ、がんばる」

と、ミアはこたえました。チビがあんまり期待《きたい》をしてしまうようなことは、いえません。これまで動物探偵団《どうぶつたんていだん》が、持《も》ちこまれた問題《もんだい》をかいけつできなかったことはありませんが、今回《こんかい》もうまくいくとはかぎらないでしょう。なにしろ、チビはこんなに、とてつもなく大《おお》きいのですから。

ヒルトンはうれしそうに、ぴょんぴょんとびはねました。

「問題《もんだい》のかいけつをたのまれるのって、いつだってわくわくするよ。

動物探偵団《どうぶつたんていだん》のみんなをよんでこようか?」
「よばなくてもいいみたい」
ミアは近《ちか》くのへいの上《うえ》を指《ゆび》さしました。そこでは、四《よん》ひきのねこがのんびりひなたぼっこしながら、セグロカモメを見《み》ています。セグロカモメは観光客《かんこうきゃく》からフライドポテトをくすねたところでした。
「あそこにいるのが、シャナリー、

アインシュタイン、イザムバード、バンなの。だから、今《いま》すぐ集会《しゅうかい》をひらけるよ」

ミアがいうと、チビがとまどった顔《かお》をしました。

「動物探偵団《どうぶつたんていだん》にあのねこたちがいるのは知《し》ってるけど、オウムもいなかったっけ？」

「いるよ。でもプラトンはいま家《いえ》で、お気《き》に入《い》りのテレビのクイズ番組《ばんぐみ》を見《み》ているの。だから、ここで話《はなし》を進《すす》

めても、気《き》にしないんじゃないかな。それに、ねこたちはきっと、いろんなかいけつさくを思《おも》いつくはずだよ」

ミアはそうこたえながら、ねこたちがほんとうに、かいけつさくを思《おも》いついてくれますように、とねがっていました。ミアにはまだ、なにもいい考《かんが》えがうかんでいなかったのです。このクラマーキン島《とう》で、はたしてチビを家《いえ》にむかえてくれる人《ひと》がいるのでしょうか。

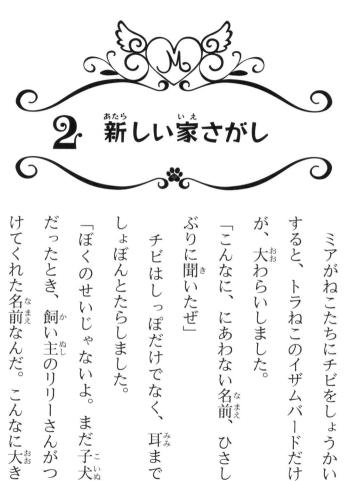

2 新《あたら》しい家《いえ》さがし

ミアがねこたちにチビをしょうかいすると、トラねこのイザムバードだけが、大《おお》わらいしました。

「こんなに、にあわない名前《なまえ》、ひさしぶりに聞《き》いたぜ」

チビはしっぽだけでなく、耳《みみ》までしょぼんとたらしました。

「ぼくのせいじゃないよ。まだ子犬《こいぬ》だったとき、飼《か》い主《ぬし》のリリーさんがつけてくれた名前《なまえ》なんだ。こんなに大《おお》き

くるなんて思《おも》ってなかったから。ぼくだって思《おも》ってなかった」

「ごめん。わらうなんて、よくなかった」

イザムバードはあやまりました。

シャムねこのシャナリーは、用《よう》心《じん》するように、あたりを見《み》まわしました。

「ここでしゃべらないほうがいいわよ。人《ひと》がおおぜいいるから、気《き》づかれるかもしれないわ」

「シャナリーのいうとおりですよ」

白《しろ》いペルシャねこのアインシュタインがいいます。

「ミアがぼくたちとしゃべれることを、人間《にんげん》たちにわからないようにしないと」

「どうして？　クラマーキン島《とう》の動物《どうぶつ》ならだれでも、ミアが〈つうやく〉だって知《し》っているのに」

チビがふしぎそうにきくと、シャナリーがこたえます。

「でも、人間《にんげん》たちは知《し》らないのよ。ミアが魔法《まほう》のネックレスの力《ちから》で動物《どうぶつ》と話《はな》せることは、人間《にんげん》にはひみつなの。さもないと、わるいことに使《つか》おうとする人《ひと》が出《で》てくるかもしれないでしょ？」

太《ふと》っちょの黒《くろ》ねこのバンは、おっくうそうに、のそのそ立《た》ちあがりました。

「じゃあ、今《いま》から、べつの場《ば》所《しょ》へ行《い》かないといけないのかなあ。おいら、やっとくつろいだところだったのに」

それから、期《き》待《たい》するように、ミアの顔《かお》を見《み》ました。

「イワシなんか持《も》っていないよね？　チーズのかけらでもいいけど」

ミアは思《おも》わずわらって、からっぽの両《りょう》手《て》を見《み》せました。

「ごめんね、バン。なんにもないの」

「おまえ、自《じ》分《ぶん》のおなかのことばっかり考《かん》えてるんじゃないよ」

イザムバードが口《くち》をはさみます。

「おれたち、これから問題《もんだい》をかいけつしないといけないんだぞ」

みんなは、人目《ひとめ》につかないように、かべのうらがわの地面《じめん》にすわりました。そこで、チビはリリーさんの話《はなし》をしました。どうしてひっこしたほうがいいのか、そのわけも話《はな》します。

チビの話《はなし》が終《お》わると、シャナリーが口《くち》をひらきました。

「それなら、かんたんじゃないかしら。ここクラマーキン島《とう》で、大《おお》きな犬《いぬ》を飼《か》いたい人《ひと》はきっといるはずよ」

「みんな、とっても親切《しんせつ》だね」

チビがいいます。

「もしかしたら、ぼく、きみたちのだれかの家《いえ》にひっこせないかな？」

みんなはきゅうに、しーんと静《しず》かになりました。四《よん》ひきのねこは目《め》をまるくして、チビを見《み》つめながら、あせったように、しっぽをぴんと立《た》てています。チビはきょとんとして、ミアのほうを見《み》ました。

「ぼく、へんなことをいった？」

ミアはチビを安心《あんしん》させようと頭《あたま》をなでました。

「だいじょうぶ、へんなことなんかいってないよ。ねこたちはみんな、犬《いぬ》とくらしたことがないから、ちょっとびっくりしただけじゃないかな」

アインシュタインが口《くち》をひらきました。

「学校《がっこう》にひっこすのは、どうしたって、むりですよ。だって校長先生《こうちょうせんせい》はいちど、ぼくのことまで追《お》いだそうとしたんだから。ねこと犬《いぬ》と両方《りょうほう》なんて、だめっていうに決《き》まってます」

シャナリーもこういいます。

「わたしの飼《か》い主《ぬし》も犬《いぬ》がほしいとは思《おも》わないわよ。郵便局《ゆうびんきょく》に住《す》んでいるのだけど、これ以上《いじょう》ほかの動物《どうぶつ》がくらせる場所《ばしょ》はないの。しかも、あなたはこんなに大《おお》きいでしょ」

イザムバードはよごれた前足《まえあし》をなめて考《かんが》えながら、こうききました。

「チビはさ、番犬《ばんけん》になれるのか？」

「わからないけど、やってみてもいいよ」

チビは歯《は》をむきだして、おそろしそうな、うなり声《ごえ》をあげました。動物探偵《どうぶつたんてい》たちは思《おも》わずあとずさりして、チビからはなれます。

ミアはごくんとつばをのみこみ、むりやり、こわくなかったふりをしました。

「それなら番犬《ばんけん》になれるね」

そういって、イザムバードのほうにむきなおりました。

「どうして番犬《ばんけん》になれるかきいたの？」

「うちの人間《にんげん》が、整備工場《せいびこうじょう》に番犬《ばんけん》がいたらよろこぶかもしれないからさ。けっこう広《ひろ》いから、じゅうぶんいっしょにくらせるぜ。ただし、おれのことを追《お》いかけないと、やくそくしてもらわないとな」

「やくそくするよ」

と、チビはいいました。

「よし。今《いま》から、うちの人間《にんげん》に会《あ》いにいこうぜ」

イザムバードが先頭《せんとう》に立《た》ち、ミアとヒルトンとチビがすぐうしろにつづきます。ほかのねこたちは行《い》かなくてもいいのに、どうなるのか見《み》たいので、めだたないように物《もの》かげにかくれながら、すこしあとからついていきました。

イザムバードが住《す》んでいる自動《じどう》

車整備工場《しゃせいびこうじょう》の前《まえ》まで来《く》ると、ミアはチビの首輪《くびわ》につけていたリードをはずして、ささやきました。

「おぎょうぎよくしてね」

「がんばるよ」

チビはこたえると、ミアのとなりにくっついて、トラねこのあとから、なかに入《はい》りました。ところが、ヒルトンはじっとしていません。走《はし》りまわって、しっぽをふり、ゆかにおいてあるエンジンの部品《ぶひん》や、カンや、いろんながらくたのにおいを、あれこれかいでまわります。ほかのねこたちが外《そと》にいてくれてよかった、とミアは思《おも》いました。ここはすでに動物《どうぶつ》でいっぱいに見《み》えます。

作業台《さぎょうだい》の前《まえ》で、整備士《せいびし》のジョーンズさんが身《み》をかがめていました。

ミアを見《み》て、にっこりします。

「ミアじゃないか。今作業《いまさぎょう》してるとこなんだが、見《み》るかい？」

ミアはよく見《み》ようと近《ちか》づきました。イザムバードは作業台《さぎょうだい》にとびのって、ならべてある物《もの》のにおいをかたっぱしからかぐと、こういいました。

「これは時計《とけい》だな。さいこうだぜ、時計《とけい》って」

もちろん、ジョーンズさんは自分《じぶん》のねこがなにをしゃべっているのかわかりません。ニャーニャーいっているようにしか聞《き》こえないのです。

「気《き》をつけるんだぞ、イザムバード。なにひとつ動《うご》かさないようにな」

そういって、トラねこの耳《みみ》のうしろをくすぐります。

「古《ふる》い時計《とけい》を分解《ぶんかい》して、そうじしてるんだ。部品《ぶひん》をひとつひとつ、きちんとならべておけば、どうやってまた組《く》みたてるか、わかるんだよ」

おもしろいな、とミアは思《おも》いました。歯車《はぐるま》やねじなどが数《かぞ》えきれないくらいならんでいます。小《ちい》さな時《と》計《けい》のなかに、こんなにたくさんの部《ぶ》品《ひん》が入《はい》っているなんて、びっくりです。そのとき、ミアは、どうしてここに来《き》たのか思《おも》いだしました。

「あの、ジョーンズさんに会《あ》ってもらいたくて、チビをつれてきたんです」

「そのようだね」

ジョーンズさんがこたえます。

「けど、あんまりチビには見《み》えないね。この作《さ》業《ぎょう》台《だい》と同《おな》じくらい背《せ》が高《たか》くて、でかいじゃないか」

ミアはすぐに、リリーさんがこまっていることを説明《せつめい》してから、イザムバードの思《おも》いつきを話《はな》してみました。

「ジョーンズさんはチビの飼《か》い主《ぬし》になってみたいと思《おも》いませんか？　ここはじゅうぶん広《ひろ》いし、チビはいい番犬《ばんけん》になると思《おも》うんです」

「それはいい考《かんが》えだが……」

ジョーンズさんは口《くち》ごもり、首《くび》を横《よこ》にふりました。

「いや、だめだな。イザムバードがいやがるといけないからね」

「イザムバードなら、だいじょうぶだと思《おも》います。おたがいに気《き》に入《い》っているみたいですよ。ほら」

ミアがいったそばから、イザムバードは作業台《さぎょうだい》から静《しず》かにとびおりると、チビと鼻《はな》をくっつけ、においをかぎあいました。そしてチビの足《あし》のあいだを行《い》ったり来《き》たりしながら、ゴロゴロのどを鳴《な》らします。

ジョーンズさんはよしよしとうなずくと、チビにすこし近《ちか》づいて、手《て》をさしだしました。

「どうだい？　ここでくらしたいか？」

「うん！」

チビがほえ声《ごえ》をあげます。ジョーンズさんのほうへとびはねていき、油《あぶら》のついたぞうきんの山《やま》に足《あし》をすべらせると、おしりが作業台《さぎょうだい》にぴたりとくっつきました。チビは口《くち》をあけてにっこりわらい、ジョーンズさんの手《て》をなめて、うれしそうにしっぽをふります。ところが、大《おお》きくて背《せ》も高《たか》いので、長《なが》いしっぽがちょうど作業台《さぎょうだい》の上《うえ》をはらって、歯車《はぐるま》やねじが四方八方《しほうはっぽう》へとんでいってしまいました。

「やめろ、やめろ！」

ジョーンズさんがさけびます。

「外《そと》へつれだしてくれ！」

たいへんなことをしちゃった！　ミアはもうしわけない気持《きも》ちでいっぱいになりました。いそいでチビの首輪《くびわ》をつかんで、つれだします。

「ねこたちと、ここでじっとすわってて」

ぶじに外《そと》に出《で》ると、チビにいいきかせました。

「わたしはジョーンズさんを手《て》つだってこなくちゃ」

ミアは整備工場《せいびこうじょう》のなかにもどり、ジョーンズさんといっしょに、ゆかに手足《てあし》をついて、ほこりやがらくたのあいだから、時計《とけい》のこまかい部品《ぶひん》をさがしまわりました。ヒルトンとイザムバードも、鼻《はな》をひくひくさせて、かくれたねじや歯車《はぐるま》をかぎだそうとします。

時間《じかん》がかかりましたが、やがて作業台《さぎょうだい》に部品《ぶひん》がじゅうぶん集《あつ》まったので、ジョーンズさんはさがすのをやめました。

「これでぜんぶそろっていればいいんだが……」

ジョーンズさんは心配《しんぱい》そうにいいました。

「なんともいえないな。もとどおりにするのに、長《なが》いことかかりそうだよ」

「ほんとうにごめんなさい。ぜんぶ、わたしのせいです」

ミアはあやまりました。

「いや、ちがうよ」

ジョーンズさんは悲《かな》しそうにほほえんで、つづけました。

「これは思《おも》いがけない事故《じこ》だ。こんなことになるなんて、ミアは思《おも》ってもいなかったんだから。

動物《どうぶつ》にやさしくしようとしただけだろう。いつものようにな。だけど、またこういうことがおこったら、こまるんだ。ざんねんだが、チビにはほかの家《いえ》をさがしてもらうしかないな」

3 チビの決意《けつい》

ミアから話《はなし》を聞《き》いたねこたちは、チビと同《おな》じくらい、がっかりしました。

「それじゃあ、おいらとくらすのも、むりだなあ」

と、バンがいいます。

「おいらの飼《か》い主《ぬし》はパン屋《や》さんなんだ。きみがしっぽでパンやケーキをゆかにたたきおとしたら、おこっちゃうよ」

「こまったな」

チビはのぞみをかけるように、ミア

NO!
PRIM ROSE

を見《み》つめました。

「あとは、きみの家《いえ》だけだ」

ミアはチビをこれ以上《いじょう》がっかりさせたくなかったものの、こういうしかありませんでした。

「わたしの家《いえ》はティールーム〈プリムローズ〉というお店《みせ》なんだけど、すでにヒルトンとプラトンが住《す》んでいるの。ママもパパも、もう動物《どうぶつ》はふやせないっていうから、チビには来《き》てもらえないの」

すると、アインシュタインがいいだしました。

「本土《ほんど》には犬《いぬ》やねこの家《いえ》がありますよ。ぼくはそこで生《う》まれて、子《こ》ねこのときに、この島《しま》に来《き》たんです」

「ぼくもそこに行《い》けるかな」

と、チビがいいます。

ミアは首《くび》を横《よこ》にふりました。

「本土《ほんど》はものすごく遠《とお》いよ。チビがこの島《しま》にいられるような、いい方法《ほうほう》がきっと見《み》つかるはず。もうすこし時間《じかん》をかけて考《かんが》えればね」

時間《じかん》のことを口《くち》にしたとたん、ミアはずいぶん長《なが》いあいだ、外《そと》にいたことに気《き》づきました。

「そろそろリリーさんの家《いえ》にもどらなくちゃ。どこにいるのか心配《しんぱい》しているかも」

話《はなし》をつづけるねこたちをのこして、ミアは来《き》た道《みち》をもどりはじめました。となりでヒルトンが小走《こばし》りをし、反対《はんたい》がわにはチビがいます。港《みなと》まで来《く》ると、海《うみ》ぞいに人《ひと》だかりができていました。

「人《ひと》が多《おお》くなってきたから、リードをつけようか」

ミアはポケットに入《い》れていたリードをとりだしました。

「あの人《ひと》たち、なにをしているんだろう？」

と、チビがたずねました。

「本土《ほんど》に行《い》く船《ふね》を待《ま》っているの。もうすぐ出発《しゅっぱつ》するみたい」

ミアはこたえます。

チビはなにやら考《かんが》えこむような顔《かお》をしました。それから、ふりむいて、こういいました。

「うしろを見《み》て。きれいな、にじが出《で》ているよ」

ミアとヒルトンはぱっとふりむきました。けれども、空《そら》はまっ青《さお》で、にじなんか、どこにも見《み》えません。もっとも、雨《あめ》がふっていなかったのですから、にじが出《で》ていないのもふしぎではありません。

ミアが「どうして、からかったの？」ときこうとして、むきなおると、チビはいなくなっていました。とてつもなく大《おお》きな犬《いぬ》は、かんぜんにすがたを消《け》してしまったのです。

「どうしよう！」

ミアはおろおろしながら、声《こえ》をあげました。

「うしろを見《み》ているあいだに、どこかへ行《い》っちゃったみたい。わたしのせいでチビがまいごになったら、リリーさん、ものすごくおこっちゃう」

「あわてることないよ！　あんなに大《おお》きいんだから、きっとかんたんに見《み》つかるよ」

と、ヒルトンがいいます。

ミアはおちつこうと、ふかく息《いき》をはいてから、あたりをよく見《み》まわしました。チビは見《み》あたりませんが、船《ふね》に乗《の》る列《れつ》の先頭《せんとう》で、さわぎがおこっています。

「行《い》ってみよう」

ヒルトンに声《こえ》をかけると、ミアは走《はし》っていきました。

人《ひと》だかりの横《よこ》へいそいでいくと、きびしい声《こえ》が聞《き》こえてきました。

「きっぷがなければ、犬《いぬ》を乗《の》せられません」

「犬《いぬ》なんかつれていないよ。そっちの女《おんな》の人《ひと》のじゃないのかね？」

と、男《おとこ》の人《ひと》がいいました。

すると、女《おんな》の人《ひと》の声《こえ》がしました。

「まさか、ちがいます。わたし、犬《いぬ》はにがてなんです。ねこのほうがずっとすき」

「とっても気《き》立《だ》てがよさそうな犬《いぬ》ね。でも、わたしのでもないわ」

と、べつの女《おんな》の人《ひと》がいいました。その人《ひと》が指《ゆび》さしている先《さき》のほうに、チビがいます。

ミアは全速力《ぜんそくりょく》でチビのそばへかけよりました。

「わたし、飼《か》い主《ぬし》さんを知《し》っています」

「その飼《か》い主《ぬし》は、犬《いぬ》のきっぷもちゃんと買《か》っているんだろうね」

と、きっぷ係《がかり》がミアにいいました。それからヒルトンを見《み》て、まゆをひそめました。

「その小《ちい》さい犬《いぬ》もきっぷがひつようだ」

「いいえ。船《ふね》には乗《の》りませんから」

ミアは、チビの首輪《くびわ》をつかんで、きっぱりとつけくわえました。

「この犬《いぬ》もです」

チビがにげだしたことに、ミアははらをたてていました。ものすごく心配《しんぱい》だったのです。

チビは両耳《りょうみみ》としっぽをしょんぼりとたらしました。

「ぼくは助《たす》けになりたかっただけなんだ」

しょげかえったように、クーンと鳴《な》きます。ミアはチビをひっぱって、人《ひと》だかりからはなれました。

歩《ある》きながら、チビがいいます。

「ぼくが本土《ほんど》にある犬《いぬ》の家《いえ》に行《い》けば、リリーさんはぼくのことをもう心配《しんぱい》しないで、〈サクラの里《さと》〉ホームにひっこせると思《おも》ったんだ」

その言葉《ことば》を聞《き》くと、ミアはむねがしめつけられそうになりました。

おこっていた気持《きも》ちがすっかり消《き》えて、ミアは両《りょう》うででチビをだきしめました。

「チビはやさしいから、そんなふうに考《かんが》えたんだね。でも、その考《かんが》えはまちがってる。だって、リリーさんは

チビがだいすきなんだから！　チビがとつぜんいなくなって、ぶじかどうかもわからなかったら、リリーさんはものすごく悲《かな》しむはずだよ」

チビは大《おお》きな黒《くろ》い目《め》で、ミアをじっと見《み》つめます。

「そうしたら、ぼくは、どうすればいいんだろう？」

すると、ヒルトンがほえ声《ごえ》をあげました。

「動物探偵団《どうぶつたんていだん》にまかせて！　たよってきてくれたんだから、ぼくたち、全力《ぜんりょく》でがんばるよ」

「でも、まだかいけつしてくれていないよ」

と、チビが悲《かな》しそうな声《こえ》でいいました。

「もうすこし時間《じかん》をくれる?」

と、ミアはいいました。

「そのうちに、いいかいいけつさくを考《かん》えつくと思《おも》うの」

ミアは、すべてうまくいくからねと、やくそくしそうになりました。でも、はっと気《き》づいて、やめました。守《まも》れるかどうかわからないやくそくを、してはいけないと思《おも》ったからです。

4 デイビッドとのやくそく

つぎの日《ひ》は土曜日《どようび》だったので、ちょうどよかった、とミアは思《おも》いました。学校《がっこう》がないので、チビのことを考《かんが》える時間《じかん》がたっぷりあります。動物探偵団《どうぶつたんていだん》のほかのメンバーも、チビをどうしても助《たす》けたいと思《おも》っていました。

そこで土曜日《どようび》の朝《あさ》に、ミアの家《いえ》の庭《にわ》のおくにある〈ほとんどひみつのかくれ場所《ばしょ》〉に集《あつ》まることにしました。そこは動物探偵《どうぶつたんてい》たちがいつも集会《しゅうかい》をひらいている空き地《あきち》です。ヒルトンとプラトンは先《さき》に行《い》って、ねこたちと待《ま》っていました。ミアは台所《だいどころ》に立《た》ちよってから、しげみをかきわけて、空き地《あきち》に入《はい》っていきました。

ミアがついたとたん、シャナリーがニャーオと大《おお》きく鳴《な》いて、みんなの注目《ちゅうもく》を集《あつ》めました。

「これで全員《ぜんいん》そろったわね。さあ、はじめましょう。チビにはすぐにでも新《あたら》しい家《いえ》がひつようよ。だから、はやくいい案《あん》を考《かんが》えないといけないわ」

「考《かんが》えているあいだ、なにか食《た》べてもいいかなあ？　おいら、なんだか、はらぺこなんだ」

と、バンがねそべりながらいいました。

「おまえ、いつだって、はらぺこだぜ。さっき朝《あさ》ごはんを食《た》べたばっかりだろ」

と、イザムバードがもんくをいいました。

ミアは台所《だいどころ》からとってきたものをポケットから出《だ》して、ていねいにつつみをあけました。

「よろこぶと思《おも》って持《も》ってきたの」

そういって、黒《くろ》ねこの前《まえ》におきます。

バンはきゅうに元気《げんき》になって、おきあがりました。

「イワシだ！　うれしいなあ」

ゴロゴロのどを鳴《な》らしながら、おいしいごちそうのほうへ顔《かお》を近《ちか》づけます。

そのときとつぜん、ばさばさと羽《は》ばたきがしたかと思《おも》うと、大《おお》きなセグロカモメが空《そら》からおりてきて、黒《くろ》ねこのまん前《まえ》にとまりました。

「イワシだ！」

と、ガラガラ声《ごえ》でさけぶなり、先《さき》

のまがったくちばしで、さっとイワシをくわえます。

バンが口《くち》をとじたとき、上下《じょうげ》の歯《は》のあいだにはさんだのは、空気《くうき》だけでした。

「おいらのイワシだよ！」

バンはおこって、しっぽをシュッシュッと左右《さゆう》にふりました。

「今《いま》は、おれのもんさ」

セグロカモメはイワシをほうりあげ、くちばしでみごとにキャッチすると、ごくっとひとのみして、ガラガラ声《ごえ》をあげました。

「とったもん勝《が》ちってことさ！」

「おい、おれの友《とも》だちから、ごはんをぬすんだらだめだろ」

イザムバードが大《おお》きなカモメにむかって、ゆうかんに近《ちか》づいていきました。

セグロカモメは黄色《きいろ》い目《め》をぐっとほそめて、イザムバードをにらみます。

「だめなもんか。それに、これはぬすんでいるんじゃなくて、かりをしているんだ。セグロカモメなら、だれだって、あたりまえにするもんさ」

「それでも、いけませんよ」

アインシュタインがはっきりといいました。イザムバードのうしろにかくれています。

「おまえさんは、われわれ鳥《とり》たちのひょうばんを落《お》としておるぞ」

オウムのプラトンが、太《ふと》いえだの上《うえ》の、安全《あんぜん》な場所《ばしょ》からいいました。

「それに、ぜんぜんやさしくないよ」

と、ミアはきびしくいいました。

そしてポケットからつつみをもうひとつとりだすと、広《ひろ》げて、黒《くろ》ねこにあげました。

「イワシをふたつ持《も》ってきてよかった」

ミアはバンの前《まえ》に立《た》つと、セグロカモメをにらみました。

「へんなことを考《かんが》えないで。これはバンのイワシだからね」

セグロカモメはあとずさりして、イワシなんかねらっていなかったような、なにくわぬ顔《かお》をして、こういいました。

「おれの言葉《ことば》がわかるってことは、おまえが〈つうやく〉か。そうだろ?」

「そうだよ」

ミアはこたえました。

セグロカモメは空《あ》き地《ち》を見《み》まわしました。

「てことは、おまえたちが動物探偵団《どうぶつたんていだん》か。こまってる動物《どうぶつ》たちを助《たす》けてるっていう。そうだろ？」

「そうよ」

シャナリーが、つんと鼻《はな》を上《うえ》にむけて、こたえます。

「でも、だれも今《いま》、あなたのことを助《たす》けたいとは思《おも》わないでしょうね。バンにあんなひどいことをしたんだから」

セグロカモメはなんとも思《おも》っていないようすです。

「べつに、おれはこまってないし、たとえこまってたって、おまえたちに助《たす》けてもらわなくても、自分《じぶん》でどうにかできるさ」

「じゃあ、なんでここに来《き》たんだ？　イワシのかりをしにきただけか？」

イザムバードがききます。

「ちがうね」

セグロカモメは首《くび》を横《よこ》にふりました。

「こまってるやつがいて、そいつを助《たす》けてもらいたいんだ。大問題《だいもんだい》だっていうのに、自分《じぶん》じゃ来《こ》られないのさ」

ねこたちは、きょうみをひかれて、そろりそろりとセグロカモメに近《ちか》づきました。ただし、バンだけは同《おな》じ場所《ばしょ》にとどまって、食《た》べつづけています。ミアも近《ちか》づくと、プラトンがとんできて、ミアのかたに止《と》まり、たずねました。

「こまっているのは、いったい、だれなんじゃ？」

「イルカさ。だから、陸《りく》ぐらしのおまえたちのところまで、相談《そうだん》に来《こ》られないってわけよ」

イルカと聞《き》いて、ミアは思《おも》わず身《み》をのりだしました。いちど、おきのほうで、イルカを目《め》にしたことはあります。でも、近《ちか》づいたことはありませんし、イルカがどうして動物探偵団《どうぶつたんていだん》の助《たす》けをもとめているのか、想像《そうぞう》もつきません。

「そのイルカはどうしてこまっているの？」

ミアがたずねると、セグロカモメは顔《かお》をしかめました。

「おまえたち人間《にんげん》が海《うみ》にすてる、あのとんでもないプラスチックのごみのせいさ。ごみがそいつの頭《あたま》にまきついちまって、口《くち》がまったくひらけなくなったんだ」

それを聞《き》くとバンが、ぞっとしたように、目《め》を見《み》ひらきました。

「それじゃあ、ごはんが食《た》べられないじゃないか」

「そのとおりだ」

セグロカモメがこたえます。

「頭《あたま》からはずしてやらないと、はらがへって弱《よわ》っちまう。おれたちカモメやほかのイルカたちもやってみたが、はずせなかった。これは、手《て》を使《つか》わないとできないことなのさ」

「さいこうだぜ、手《て》ってさ。ものすごく役《やく》に立《た》つ。前足《まえあし》なんかよりもな」

と、イザムバードがいいます。

「それに、くちばしよりもさ」

セグロカモメはそういうと、ミアのほうをじっと見《み》ました。

「おまえには手《て》がある。助《たす》けられるか？」

「助《たす》けたい……でも、イルカのいるところまで、どうやって行《い》けばいいのかな。イルカはここに来《こ》られないし、わたしは泳《およ》ぐのがとくいじゃないの」

と、ミアはこたえます。

「船《ふね》に乗《の》ればいいんです」

アインシュタインがいうと、セグロカモメがつづけます。

「それがいい。おれたちカモメが、イルカのいるところまで案内《あんない》する。それで、こまってるイルカに、おまえのところまで泳《およ》いでいくように、つたえるのさ」

するとプラトンがはしゃいで鳴《な》き声《ごえ》をあげ、ぱたぱた羽《は》ばたきをしました。

「すばらしいのう。まるでテレビの自然《しぜん》ドキュメンタリー番組《ばんぐみ》のようじゃ」

「それなら、かんたんそうね」

と、シャナリーもいいました。

ミアは、船《ふね》なんか持《も》っていない、といおうとしました。けれども、ふいに、ボートを持《も》っている人《ひと》を知《し》っていることに気《き》づいたのです。

ミアはうれしくなって、思《おも》わずぴょんとはねました。

「船《ふね》を出《だ》してもらえそうな方法《ほうほう》を思《おも》いついた！　今《いま》すぐイルカを助《たす》けにいけるかも」

「ちょっと待《ま》って」

と、ヒルトンが口《くち》をはさみます。

「チビはどうするの？　ぼくたち、チビを助《たす》けないといけないんだよ？　先《さき》に相談《そうだん》してきたんだから」

「でも、チビは今《いま》は安全《あんぜん》ですよ」

と、アインシュタインがいいました。

「それに、チビはごはんが食《た》べられるよ」

バンもいいます。

「ごはんはとってもだいじだよ。おそくなればなるほど、イルカははらぺこになっちゃう。ミア、できるだけはやく、イルカを助《たす》けなくちゃ」

「うん、わたしもそう思《おも》う」

ミアはこたえます。

「これから、船《ふね》を出《だ》してもらえるように話《はなし》をしてくる。わたしがいないあいだ、みんなで、チビの新《あたら》しい家《いえ》をどうやってさがしたらいいか考《かんが》えていてね」

そういうと、ミアはいそいで走《はし》っていきました。

〈みんなの原《はら》っぱ〉まで行《い》くと、同級生《どうきゅうせい》のデイビッド・タウンゼンドが、クラスのほかの子《こ》と何人《なんにん》かでサッカーをしていました。デイビッドがすぐ見《み》つかってよかった、とミアは思《おも》いました。デイビッドとお父《とう》さんは、ミアと同《おな》じくらい、動物《どうぶつ》や自然《しぜん》にきょうみがあります。しかも、デイビッドのお父《とう》さんは、ボートを持《も》っているのです。

試合《しあい》のきりがいいところまで、じりじりしながら待《ま》ってから、ミアはデイビッドのほうへかけよりました。

「ねえ、聞《き》いた？　クラマーキン島《とう》のそばにイルカのむれが来《き》ているんだって」

「わあ！」

デイビッドがうれしそうに声《こえ》をあげます。

「近《ちか》くで見《み》てみたいな」

「わたしも見《み》てみたい」

ミアはそういってから、つづけました。

「デイビッドのお父《とう》さんにおねがいしたら、ボートでつれていってくれるかな？」

ほんとうは、助《たす》けをもとめているイルカがいるといいたかったのですが、そうすると、どうして知《し》ったのか説明《せつめい》しなくてはなりません。けれども、セグロカモメから聞《き》いたと説明《せつめい》したら、ネックレスのひみつが、ひみつではなくなってしまいます。

デイビッドはにっこりしました。

「きっと、父《とう》さんもイルカを見《み》たがるよ」

それから、すこし考《かんが》えこむようにミアの顔《かお》を見《み》て、こういいました。

「父《とう》さんにたのんでもいいけど、ひとつじょうけんをつけていい？」

「どんなこと？」

ミアはききました。

「ヒルトンもつれてきて
ほしいんだ」
ミアはびっくりして
デイビッドを見《み》つめました。
「どうして？」
デイビッドはすこしためらって
から、こたえました。
「ヒルトンはかわいくていい犬《いぬ》だし、いっしょにいたら楽《たの》しいん
じゃないかと思《おも》って」
ミアは、デイビッドのいっていることはわかりましたが、なんと

なく、べつの理由《りゆう》もあるような気《き》がしました。もうすこしきいてみようかと思《おも》いましたが、考《かんが》えなおしてやめました。デイビッドがいやになって、お父《とう》さんにボートのことをたのんでくれなくなったら、こまります。そこで、デイビッドのいうとおりにすることにしました。

「わかった。やくそくする。ヒルトンをつれていくね」

5 いざ、海《うみ》へ！

「なんだって？」
ヒルトンがほえ声《ごえ》をあげました。
ぎょっとして、毛《け》までさかだっていま
す。
「だから、ヒルトンといっしょに乗《の》
るって、やくそくしたの」
ミアは動物探偵団《どうぶつたんていだん》のなかまたちに、
ボートでイルカに会《あ》いにいけることに
なった話《はなし》をしたところでした。
「ねえ、ヒルトン、どうしてそんなに

おこってるの？　デイビッドに助《たす》けてもらうには、そういうしかなかったの。ほかのみんなは、それでいいっていってくれたのに」

「だってさ、ほかのみんなは、ボートに乗《の》らなくていいんだもん」

ヒルトンがよわよわしくつぶやきます。

「だって、デイビッドは、ヒルトンに来《き》てほしいっていったんだから。なにが問題《もんだい》なの？」

ヒルトンはミアをじっと見《み》つめました。ミアがわかってくれないことに、おどろいているようです。

「問題《もんだい》はさ、ぼくは船《ふね》がきらいだってこと！　船《ふね》って上下《じょうげ》にはねるし、横《よこ》にゆれるじゃないか」

「船《ふね》に乗《の》ったことがあるの？」
と、シャナリーがききました。
「えーと、乗《の》ったことはない。
でも、たくさん見《み》てきたから、
船《ふね》がどう動《うご》くかは知《し》ってるよ」
ヒルトンがこたえます。
アインシュタインがはげます
ように、ヒルトンに体《からだ》をすりよ
せました。
「こわくないですよ。ぼくは本《ほん》

土《ど》から船《ふね》でこの島《しま》に来《き》たけど、だいじょうぶでした。なれちゃえば、はねたりゆれたりするのも気持《きも》ちいいですよ」

「こわくなんかないよ」

ヒルトンは、いいきりました。鼻《はな》を上《うえ》にむけて、きっぱりとした顔《かお》つきです。

「ただ、乗《の》りたくないだけだよ」

「かわりに、おれが乗《の》ってもいいぜ」

イザムバードがいいだしました。

「さいこうだぜ、船《ふね》って。いちど乗《の》ってみたかったんだ」

ミアはほほえんで、イザムバードの頭《あたま》をなでました。

「イザムバード、そういってくれてありがとう。だけど、それだとデイビッドとのやくそくを守《まも》ったことにならないの。それに、どうしてほかの家《いえ》のねこをつれてきたのか、いいわけするのもむずかしそう」

「イザムバードだって、船旅《ふなたび》は気《き》にいらないんじゃないの？」

シャナリーがいいます。

「波《なみ》がたくさんおしよせてきて、水《みず》しぶきがあがるでしょ。そうなったら、びしょ、びしょぬれよ！」

びしょぬれといったとき、シャナリーは、さもおそろしそうに、しっぽをぴんと立《た》てました。しっぽの毛《け》が、ビンをあらうブラシのように、さかだっています。

「……そうだな。やっぱり陸地《りくち》にとどまっておくよ」

と、イザムバードがいいました。

ヒルトンはむっとして、鳴《な》き声《ごえ》をあげました。

「どうしてイザムバードはやめてよくて、ぼくは行《い》かないといけないわけ？」

ミアはすわって、ヒルトンの耳《みみ》をなでました。

「ごめんね。いやなのに、ボートに乗《の》せることになってしまって。

でもヒルトンはゆうきがあって、やさしくて、こまっている動物《どうぶつ》のことをいつも気《き》にかけているの、知《し》ってるよ。だから、いっしょにイルカを助《たす》けにいってほしいの。おねがい」

長《なが》いあいだ、動物探偵《どうぶつたんてい》たちは静《しず》かにじっと、ヒルトンの返事《へんじ》を待《ま》っていました。やがて、ヒルトンはとても小《ちい》さな声《こえ》で、こういいました。

「わかった。行《い》くよ。船《ふね》を楽《たの》しめるとは思《おも》わないけどね」

ヒルトンが来《く》るといってくれて、ミアはほっとしました。けれども、いっしょに港《みなと》へ歩《ある》いていくあいだに、だんだん心配《しんぱい》になってきました。ヒルトンはゆうきを出《だ》そうとしていましたが、海《うみ》に近《ちか》づくにつれて、ますます、おじけづいていくようです。しっぽをたらし、うなだれて、一歩進《いっぽすす》むごとに足《あし》がおそくなっていきます。とうとう、ミアはヒルトンをだっこしていくことにしました。ふるえるヒルトンを安心《あんしん》させたくて、ぎゅっとだきしめます。

ボートのそばまで来《く》ると、デイビッドがかけよってきました。そしてミアが犬《いぬ》をかかえているのを見《み》て、ぱっと笑顔《えがお》になりました。

「ヒルトンをつれてきてくれてよかった。いっしょに歩《ある》いてこないから、わすれちゃったのかと思《おも》ったんだ」

そういうと、デイビッドは手《て》をのばして、ヒルトンの頭《あたま》をなでました。

「来《き》てくれてうれしいよ、ちびっこくん。船《ふね》の旅《たび》はきっと楽《たの》しいよ」
「きっと楽《たの》しくないよ。それと、ちびっこってよばれるのは、いやだな」
ヒルトンはぶつぶついいました。
でも、デイビッドはにこにこしているだけです。犬《いぬ》がなんといっているのか、わからないのです。動《どう》物《ぶつ》の言葉《ことば》は、ミアにしかつうじません。

　ボートは本土《ほんど》に行《い》く船《ふね》とはまるっきりちがいました。船室《せんしつ》もありません。けれども、すらりとほそながく、つやつやした木《き》の板《いた》でできていて、日《ひ》ざしをあびてかがやいています。すわる場所《ばしょ》もたくさんあります。こういうボートに乗《の》って、つりに行《い》く人《ひと》たちを、ミアは見《み》たことがあります。このボートにも、席《せき》の下《した》につりざおなどの道具《どうぐ》がしまってあるところを見《み》ると、どうやらデイビッドのお父《とう》さんもつりをするようです。

「〈たのしきアオサギ号《ごう》〉にようこそ」

　デイビッドが手《て》をさしだして、ミアがボートに乗《の》るのを助《たす》けてくれました。乗《の》るときにボートがすこしゆれて、ヒルトンが身《み》ぶるいするのをミアは感《かん》じました。

「こんなの、いやだよ」

ヒルトンがクーンと鳴《な》きながらいいます。ミアもなんだか不安《ふあん》でしたが、いまさらおりるわけにはいきません。こまっているイルカを助《たす》ける方法《ほうほう》はこれしかないのです。

「とっても楽《たの》しみだよ」

と、デイビッドのお父《とう》さんのタウンゼンドさんがいいました。

「野生《やせい》のイルカが見《み》られたら、すばらしいだろうな」

タウンゼンドさんはミアにまっ赤《か》なライフジャケットを手《て》わたし

ました。タウンゼンドさんとデイビッドが着《き》ているのとおそろいです。犬《いぬ》をだっこしていると着《き》られないので、ミアはヒルトンをそっとボートのゆかにおろしました。

タウンゼンドさんは小《ちい》さな犬《いぬ》を見《み》て、びっくりしました。

「ヒルトンをつれてくるとは思《おも》わなかったよ。船《ふね》がすきだといいけどな」

「ぜったいすきだよ」

と、デイビッドがいいました。

「ぜったいすきじゃないよ」

と、ヒルトンがいいました。

「犬《いぬ》と船《ふね》は相性《あいしょう》がいいんだから」

と、デイビッドがつけくわえます。

「ぜんぜんよくないよ」

と、ヒルトンがつけくわえましたが、ヒルトンの意見《いけん》はミアにしかわかりません。

タウンゼンドさんはヒルトンの鳴《な》き声《ごえ》には耳《みみ》をかさずに、〈たのしきアオサギ号《ごう》〉を波止場《はとば》につないでいるロープをほどきました。

それから、みんながすわっていることをたしかめると、エンジンをかけて、ボートをおきへむけます。むきをかえるとき、ボートはぐらりと横《よこ》にかたむき、つづいて反対《はんたい》がわにかたむきました。

ミアは船《ふな》べりにしがみつきましたが、ヒルトンはつかまることができません。

「助《たす》けて！」

ほえながら、木《き》のゆか板《いた》の上《うえ》をすべっていきます。そして、席《せき》の下《した》にもぐりこむと、はっきりといいました。

「船《ふね》なんか、だいっきらいだ！」

かくれ場所《ばしょ》からおそるおそる顔《かお》を出《だ》したヒルトンを見《み》て、ミアはかわいそうになりました。今《いま》から、こんなにおびえているのに、このあとの旅《たび》にたえられるかな。だいじょうぶかな。

6　イルカをさがして

タウンゼンドさんはボートをそうじゅうして、港《みなと》の外《そと》へ出《で》ていくと、ミアのほうへむきなおりました。

「さて、どこへむかえばいいのかな？　イルカについて教《おし》えてくれた人《ひと》から、場所《ばしょ》も聞《き》いているんだよね？」

ミアはうなずいて、セグロカモメがはっきり教《おし》えてくれてよかったと思《おも》いました。

「はい、まず東《ひがし》へむかうんです。それ

から、カモメのむれがとんでいるところをさがせば、その下《した》にイルカがいるはずです」

「めずらしいな」

と、タウンゼンドさんがいいました。

「イルカについて、今《いま》までインターネットで調《しら》べてはいたけれど、カモメがそばをとんでいるという記事《きじ》は見《み》たことがなかったよ」

ミアはごくんとつばを飲《の》みこんで、もっともらしい説明《せつめい》をいっしょうけんめいに考《かんが》えました。じつをいうと、きずついたイルカのいる場所《ばしょ》に、きょうはカモメたちが集《あつ》まって案内《あんない》してくれることになっているのです。でも、そんな話《はなし》をしたら、ネックレスのひみつを教《おし》えることになってしまいます。

「もしかしたら、カモメとイルカは同《おな》じ魚《さかな》をつかまえようとしているのかもしれないですね」

と、ミアはいってみました。

「なるほど、そうなんだろうね」

タウンゼンドさんがうなずきます。

「じゃあ、子《こ》どもたちふたりで、見《み》はり役《やく》をしてくれないか？　カモメが見《み》えたら、すぐに知《し》らせるんだよ」

ミアとデイビッドはボートの両《りょう》がわにすわり、船《ふな》べりから、まっ青《さお》な空《そら》を見《み》あげて、カモメをさがしました。ミアはゆるやかにゆれる船《ふね》の動《うご》きに、だんだんなれてきました。ボートはおだやかな海《うみ》の上《うえ》をすべるように進《すす》みます。ミアは楽《たの》しくなってきました。船旅《ふなたび》っておもしろい！　思《おも》っていたより、ずっとすてき！

ヒルトンも楽《たの》しんでくれているといいな、とミアは思《おも》いました。

けれども、ヒルトンはちっとも楽《たの》しんでいません。かくれ場所《ばしょ》にこもったまま、みじめな顔《かお》をしています。そして、ミアが見《み》ているのに気《き》づくと、

「こんなの、いやだよ」

と、よわよわしい鳴《な》き声《ごえ》をあげました。

かくれ場所《ばしょ》から出《で》てきたほうがらくになるよ、とミアはいいたくなりましたが、デイビッドとお父《とう》さんに聞《き》こえるところで、そんな話《はなし》はできません。人《ひと》がふつうに犬《いぬ》にいうようなことしか、いえないのです。そこで自分《じぶん》がすわっている席《せき》のとなりを、ぽんとたたいて、よびかけました。

「ヒルトン、こっちにおいで」

「いやだ！」

ヒルトンはほえて、もっとおくへ、かくれてしまいました。

ミアがもういちど、ヒルトンをよぼうとしたとき、デイビッドがきゅうに大声《おおごえ》をあげました。

「カモメだ！」

「カモメ！」

ミアもデイビッドが指《ゆび》さしたほうを見《み》て、声《こえ》をあげます。遠《とお》くのほうで、カモメのむれが円《えん》をえがくようにぐるりととんだり、水《みず》にとびこんだりしています。セグロカモメが教《おし》えてくれたとおりです。

タウンゼンドさんがカモメのいるほうへボートをむけると、三人《さんにん》はゆくての海《うみ》を見《み》つめ、イルカがあらわれないかと目《め》をこらします。しばらくは、なにも見《み》えませんでした。計画《けいかく》がうまくいかなかったらどうしよう、とミアは心配《しんぱい》になりました。

そのときです。目《め》の前《まえ》の海面《かいめん》から、なめらかな形《かたち》のものがとびだしてきました。空中《くうちゅう》でゆうがにアーチをえがいて、また水《みず》のなかへもどっていきます。うつくしいすがたは、ミアがテレビで見《み》たことのあるイルカそのものです。

「わあ！」

ミアとデイビッドの声《こえ》がそろいました。

「すばらしい！」

タウンゼンドさんも声《こえ》をあげます。

「近《ちか》づいても、にげないといいけどな」

「きっとにげないと思《おも》います」

と、ミアはいいました。カモメたちがしゃべっているのが聞《き》こえてきたのです。

「〈つうやく〉が来《く》るよ」

「〈つうやく〉が来《く》るよ」

カモメが口《くち》ぐちにさけんでいます。

「船《ふね》のほうへ行《い》こう」

「船《ふね》のほうへ行《い》こう」

デイビッドがうれしそうに、さけび声《ごえ》をあげました。

「見《み》て！　こっちに泳《およ》いでくるよ」

たちまちボートはたくさんのイルカにとりかこまれました。タウンゼンドさんがエンジンを止《と》めて、プロペラがイルカをきずつけないようにします。ミアは船《ふな》べりから身《み》をのりだしました。野生《やせい》のイルカにこんなに近《ちか》づけるなんて、わくわくします。デイビッドもお父《とう》さんも身《み》をのりだしています。

「ぼくも見《み》たい！」

ヒルトンがミアのとなりにとびのってきて、声《こえ》をあげました。

「わあ、これは見《み》のがせないね！」

ミアはうれしくなって、にっこりしました。ついにヒルトンが船《ふね》をこわがらなくなったのです。ああ、よかった、とミアはほっとしました。ヒルトンがイルカをよく見《み》ようと、船《ふな》べりから体《からだ》をのりだすので、海《うみ》に落《お》ちないように、ミアはあわてて首輪《くびわ》をつかみます。

自分《じぶん》でもむちゅうでイルカをながめながら、ヒルトンのことも見《み》ていたので、しばらくは、なにをしにきたのかわすれていました。

とつぜん、一頭《いっとう》のイルカが水面《すいめん》から顔《かお》を出《だ》し、にっこりわらうように、口《くち》をひらきました。

「むすこを助《たす》けにきてくださってありがとう」

イルカは、キュルキュル、キチキチ、と鳴《な》きながらいいました。

その言葉《ことば》は、ミアとヒルトンにしかつうじません。

「〈つうやく〉はどなた?・」

ミアは返事《へんじ》ができませんでした。デイビッドとお父《とう》さんに聞《き》こえてしまうからです。そこで言葉《ことば》でこたえるかわりに、手《て》をふって、ほほえみました。

イルカのお母《かあ》さんは、すこし小《ちい》さなイルカを、ミアのほうへそっとおしだしました。

「あの女《おんな》の子《こ》のところへ行《い》きなさい、ローリー。あなたを助《たす》けにきてくれたのよ」

ローリーが水面《すいめん》から顔《かお》を出《だ》したとたん、ミアははっと息《いき》をのみました。セグロカモメから話《はなし》を聞《き》いていたのに、想像《そうぞう》していたよりも、ずっとおそろしいことになっていました。すてられたナイロンのつり糸《いと》が、こんがらかってぐるぐるとイルカの顔《かお》にまきつき、はだにくいこんでいます。イルカはまったく口《くち》をあけられません。

「あのイルカ、かわいそう。ものすごくいたそうだよ」

と、デイビッドがいいます。

「あれでは、なにも食《た》べられないだろうね」

と、デイビッドのお父《とう》さんもいいます。

「ミア、イルカはきみのすぐそばにいるね。まきついている糸《いと》をは

ずしてあげられないかな？」
「できるといいけれど」
ミアはそうこたえると、ボートからのりだして、ローリーの顔《かお》にそっとふれました。なめらかでゴムのような手《て》ざわりです。魚《さかな》とはぜんぜんちがいます。ローリーはたじろぎもせず、にげもしません。それどころか、ミアの手《て》がとどくように、顔《かお》をもっと持《も》ちあげました。

「見《み》て。ミアが助《たす》けてくれるのがわかってるみたいだね」

と、デイビッドがいいました。

ほんとうにわかってるんだよ、とミアは思《おも》って、ほほえみました。そしてローリーの顔《かお》のまわりを両手《りょうて》でなぞりながら、どうすればうまく糸《いと》をはずせるか考《かんが》えました。糸《いと》はつるつるしていて、きつくまきついているので、うまくつかめません。

ようやく、すこしゆるいところを見《み》つけ、ミアはほっとして、なんとか指《ゆび》をすべりこませました。できるだけ糸《いと》をしっかりとつかみ、ひっぱります。

ところが、つり糸《いと》ははずれません。びくともしません。ミアはなんども、すこしずつ力《ちから》を強《つよ》くしながらひっぱりましたが、だめでした。なにをしても、うまくいきません。ローリーの顔《かお》はさいしょに見《み》たときと同《おな》じように、糸《いと》でがんじがらめになったままです。ミアの目《め》になみだがあふれました。ローリーのいのちは、ミアの手《て》にかかっているのです。ミアがどうにかしなければ、ローリーはうえじにしてしまうでしょう。

7 ぜったいたすける！

「だいじょうぶ？」

と、デイビッドがいいました。

「糸《いと》をはずせないの」

ミアはこたえます。

「きつくまきついていて、動《うご》かないの」

ミアは自分《じぶん》の部屋《へや》にははさみがあったのを思《おも》い出《だ》しました。はさみを持《も》ってくればよかった。そうしたらつり糸《いと》を切《き》れたのに。でも、そんなこと、思《おも》いもしなかった。セグロカモメだって、手《て》で糸《いと》をはずせるといっていたし……。

そこまで考《かんが》えたとき、はさみでなくても糸《いと》が切《き》れると思《おも》いつきました。そこで、席《せき》の下《した》にあったつり道具《どうぐ》のバッグを指《ゆび》さして、ききました。

「そのなかに、ナイフかなにか、ありませんか？」

「あるかもしれない」

タウンゼンドさんは、つり道具入《どうぐい》れのなかをあさると、小《ちい》さなナイフをとりだして、声《こえ》をあげました。

「あったぞ！」

「あんまり大《おお》きくないけど」

と、デイビッドがいいます。

「じゅうぶん大《おお》きいよ」

ミアはいいました。

「すきまがあんまりないから、小《ちい》さいほうがいいの」

ミアは気《き》をつけてナイフをうけとると、さっきまで指《ゆび》をさしこんでいた糸《いと》のすきまに、ナイフをそっとさしいれました。ローリーにけがをさせないように、しずしずとナイフを前後《ぜんご》に動《うご》かします。糸《いと》はすこしずつ切《き》れていき、ようやく、さいしょの一本《いっぽん》がぷつんと切《き》れました。

「ぜんぶとれた？」

デイビッドがききます。

ミアは首《くび》を横《よこ》にふりました。

「まだ、いっぱいまきついてる。でも、ちょっとゆるんだ感《かん》じ」

ナイフをべつの場所《ばしょ》に入《い》れて、また切《き》っていきます。

波《なみ》がゆるやかにボートをゆらすなか、作業《さぎょう》をつづけるミアのそばで、ローリーはしんぼう強《づよ》く、頭《あたま》を動《うご》かさないでじっとしていました。ローリーのお母《かあ》さんも、ほかのイルカたちもみんな、すぐ近《ちか》く

にいて、「がんばって」「きっとうまくいくよ」と、はげましていま
す。
長《なが》い時間《じかん》がかかりましたが、やっとさいごの一本《いっぽん》が切《き》れました。
ついにミアは、ローリーの頭《あたま》から、こんがらかったつり糸《いと》をすっか
り、とりのぞくことができたのです。
「自由《じゆう》になったよ」
ミアはローリーにいいました。イルカに話《はな》しかけるなんて、へん
だと思《おも》われても、かまいません。動物《どうぶつ》の言葉《ことば》がわからなくても、ミ
アはきっと同《おな》じことをいったでしょう。
ローリーはうれしそうに頭《あたま》をふりました。それから口《くち》をひらいて、

にっこりわらうと、こういいました。

「ありがとう。きみ、さいこうだよ。みんな、さいこうだよ」

「イルカがよろこんでいるみたいだね」

と、デイビッドがいいました。

「クリック音《おん》やホイッスル音《おん》を出《だ》しているね。イルカの言葉《ことば》で、ありがとうといっているんじゃないかな」

と、デイビッドのお父《とう》さんがいいました。

みんなでしばらくそのまま、イルカたちをながめました。

自由《じゆう》の身《み》となったローリーは、なかまといっしょに楽《たの》しそうに泳《およ》いでいます。やがてタウンゼンドさんが、そろそろ帰《かえ》ろう、といいだしました。ボートのうしろにイルカがいないのをたしかめると、エンジンをかけ、〈たのしきアオサギ号《ごう》〉をこんどはクラマーキン島《とう》にむけて走《はし》らせます。イルカたちもとなりを泳《およ》ぎながら、見《み》るからにうれしそうに、ぴょーんと空中《くうちゅう》にジャンプをしています。頭《あたま》の上《うえ》では、カモメたちも楽《たの》しそうにとびまわっています。

ミアはしあわせな気持《きも》ちでながめながら、ローリーを助《たす》けることができて、心《こころ》からよかったと思《おも》いました。島《しま》にもどったら、チビの問題《もんだい》をかいけつしなくてはなりませんが、今《いま》は、とにかくゆったりと船旅《ふなたび》を楽《たの》しんでいました。

ヒルトンもごきげんです。今《いま》では、海《うみ》がまったくこわくなくなっていました。

「船《ふね》がだいすきになったよ」

そういいながら、ボートのなかをたんけんして、においをかいでまわります。そして、へさきに立《た》ちました。風《かぜ》がふきつけ、顔《かお》の毛《け》や耳《みみ》がうしろへなびいています。

「世界《せかい》はぼくのものだ！」

ヒルトンは、せいいっぱい大《おお》きな声《こえ》でほえました。

「船《ふね》に犬《いぬ》がいると、いいよね？」

と、デイビッドがお父《とう》さんにいいました。

「そうだね」

と、タウンゼンドさんがこたえます。

「うちのボートにいつも犬《いぬ》がいたら、さいこうだと思《おも》わない？」

と、デイビッドがいいました。

タウンゼンドさんは、いぶかしげな顔《かお》をして、デイビッドのほうを見《み》ました。

「また子犬《こいぬ》を飼《か》ってくれっていう話《はなし》か？」

「ちょっとだけ」

と、デイビッドがこたえます。それから、ミアのほうを見《み》ていいました。

「犬《いぬ》とくらすのって、楽《たの》しいよね？」

「うん」

と、ミアはこたえました。そして、きゅうに、デイビッドがどうしてヒルトンをつれてくるようにいったのか、気《き》づいたのです。

「ヒルトンはとてもいい犬《いぬ》だ。だけど、子犬《こいぬ》じゃないよ」

と、タウンゼンドさんがいいました。

「でも、むかしは子犬《こいぬ》だったよね。子犬《こいぬ》は大《おお》きくなったらおとなの犬《いぬ》になるし、犬《いぬ》は楽《たの》しいよ」

デイビッドがそういうと、タウンゼンドさんは顔《かお》をしかめました。

「子犬《こいぬ》はたいへんだよ。いろんなものをかむし、しつけをしないといけないし、ゆかにおもらしをする。母《かあ》さんといっしょに、前《まえ》にも話《はな》しただろう。うちでは子犬《こいぬ》は飼《か》いたくない」

「でも、きょう、ヒルトンといっしょにいたら、気《き》がかわったんじゃない？」

と、デイビッドがききました。

「まったくかわっていないよ。どんなに作戦《さくせん》をねったり、おねがいしたりしても、母《かあ》さんと父《とう》さんの考《かんが》えは、かわらないからな」

ミアはくちびるをかんで考《かんが》えていました。デイビッドの顔《かお》を見《み》て、お父《とう》さんの顔《かお》を見《み》て、またデイビッドに目《め》をもどします。そして、口《くち》をひらきました。

「子犬《こいぬ》じゃなくてもいいんじゃない？　おとなの犬《いぬ》を飼《か》うのはどう？」

「すごくいい考《かんが》えだね！　家《いえ》をさがしている、おとなの犬《いぬ》に来《き》てもらったらいいんだ！」

デイビッドが笑顔《えがお》でこたえます。

タウンゼンドさんは気《き》のりがしないように、首《くび》を横《よこ》にふりました。

「新《あたら》しい家《いえ》をさがしている犬《いぬ》もいるけど、たいてい問題《もんだい》をかかえているんだよ。子《こ》どもにかみついたり、家出《いえで》したり、しつけがうまくできていなかったり」

デイビッドはうったえるような目《め》でお父《とう》さんの顔《かお》を見《み》ました。

「子犬《こいぬ》でもなくて、問題《もんだい》もない犬《いぬ》だったら、飼《か》ってもいい？」

「考《かんが》えてもいいけど、母《かあ》さんと相談《そうだん》しないとな。それに、この島《しま》でそんな犬《いぬ》が見《み》つかるかどうかもわからないよ」

ミアはせきばらいをして、ふたりの注意《ちゅうい》を自分《じぶん》にむけました。

「わたし、新《あたら》しい家《いえ》をさがしている犬《いぬ》を知《し》っているんです。とってもおぎょうぎがいいし、小《ちい》さい子犬《こいぬ》とはぜんぜんちがいます」

「ぜんぜん小《ちい》さくないよね！」

ヒルトンがげらげらわらいました。

8 ハッピー×ハッピー大作戦《だいさくせん》

島《しま》にもどるあいだ、ミアはチビについて知《し》っていることをほとんどぜんぶ話《はな》しました。リリーさんが〈サクラの里《さと》〉ホームにひっこすために、チビの新《あたら》しい家《いえ》をさがしていることもです。けれども、だいじなことをひとつ、いいませんでした。

「チビがどんなに大《おお》きいか、いわなくていいの？」

と、ヒルトンがききました。

ミアは首《くび》を横《よこ》にふりました。さいしょからその話《はなし》をすると、タウンゼンドさんたちが思《おも》いとどまるかもしれないと思《おも》ったのです。港《みなと》でボートをつなぐころには、デイビッドはうきうきとはずんでいました。

「父《とう》さん、飼《か》ってもいいよね？　おねがい。犬《いぬ》を助《たす》けることになるし、リリーさんも助《たす》けることになるし、ぼくから『子犬《こいぬ》を飼《か》って』ってしつこくいわれなくてすむようになるよ」

「みんながハッピーだよ！」

話《はなし》をきいていたヒルトンがほえます。

「母《かあ》さんと相談《そうだん》しないとな」

と、タウンゼンドさんがいいました。

「でも、その犬《いぬ》を新《あたら》しく家族《かぞく》にむかえてもいいかもしれないね」

それから、タウンゼンドさんはミアのほうを見《み》て、むずかしい顔《かお》をしました。

「ひとつ、気《き》になっているんだ。そんなにすばらしい犬《いぬ》なら、どうしてリリーさんは新《あたら》しい家《いえ》をさがすのにてまどっているんだろう？きみがまだ話《はな》してくれていないことがあるのかな？」

ミアはすこしうしろめたい気持《きも》ちになりました。

「ひとつだけ、あるんです」

と、ミアはうちあけました。

「あの、名前《なまえ》はチビっていうんですけど、とてつもなく大《おお》きいんです。あんなに大《おお》きな犬《いぬ》、今《いま》まで見《み》たことがありません」

ミアがおどろいたことに、タウンゼンドさんは声《こえ》をたててわらいだしました。

「なんだ、そういうことか。それならたいした問題《もんだい》じゃないよ。うちだって、けっこう大《おお》きいからね」

「ゾウだって入《はい》れるくらい大《おお》きいよ」

と、デイビッドがいいました。それから、あわててつけたしました。

「もちろんゾウなんていらないけど。犬《いぬ》のほうがずっと楽《たの》しいよ」


ボートからおりると、なにもかも、とんとんびょうしに進《すす》みました。

デイビッドとお父《とう》さんは、お母《かあ》さんにチビの話《はなし》をしにいきました。

ミアとヒルトンは、リリーさんとチビに、タウンゼンドさんの話《はなし》をしにいきました。

そのあと、みんなでリリーさんの小《ちい》さな家《いえ》にぎゅうぎゅうづめになって、チビのひっこしについて話《はな》しあいました。おたがいにすぐなかよくなれたので、デイビッドの両親《りょうしん》はリリーさんに、ちょくちょく遊《あそ》びにきてくださいね、といったほどです。だれにとっても、ハッピーな結果《けっか》になりました。あとは、つぎの日《ひ》に、チビをためしにデイビッドの家《いえ》につれていって、ようすを見《み》るだけです。

「すべてうまくいけば、そのままチビをひきとりますね」

と、タウンゼンドさんがいいました。

「すべてうまくいけば、わたしは〈サクラの里《さと》〉ホームにひっこせるわね」

と、リリーさんがにこにこしながらこたえます。

「日曜日《にちようび》はぜひ、うちにピクニックにいらしてください」

デイビッドのお母《かあ》さんが、リリーさんにいいました。

「チビがどうなじんでいるか見《み》ていただけたら、わたしたちも安心《あんしん》ですから」


デイビッドの住《す》む〈アオサギ荘《そう》〉という家《いえ》に、チビをつれていく役目《やくめ》は、ミアがひきうけました。タウンゼンドさんが車《くるま》に乗《の》せてくれようとしましたが、ミアは歩《ある》いていくほうがいいと思《おも》ったのです。

そうすれば、動物探偵団《どうぶつたんていだん》のなかまたちもいっしょに歩《ある》いていけます。

四《よん》ひきのねこも、ヒルトンとプラトンも、チビがぶじに新《あたら》しい家《いえ》に行《い》くところを見《み》とどけたいと思《おも》っていました。

「お礼《れい》をいわないといけないね。ぼくとリリーさんの問題《もんだい》をぜんぶかいけつしてくれて、どうもありがとう」

チビが歩《ある》きながらいいました。

「まだはやいぞ」

みんなの上《うえ》をとんでいたプラトンが、しゃがれ声《ごえ》でいいました。

「まずは、トライアルといって、

おまえさんが新《あたら》しい家《いえ》になじめるかどうか、
ためすんじゃからな」

「うんと、おぎょうぎよくするんですよ」

と、アインシュタインがいいました。

「あんまりほえないで」

と、ヒルトンがいいます。

「物《もの》をひっくりかえしたらだめよ」

と、シャナリーが注意《ちゅうい》します。

バンがふかぶかと、ためいきを
つきます。

「もうすぐつくのかな？　おいら、足《あし》がくたびれちゃった」

「もうくたびれたのか。ふだんからもっと運動《うんどう》しておけよ」

と、イザムバードがいいました。

道《みち》をまがると、〈アオサギ荘《そう》〉が目《め》の前《まえ》に見《み》えました。

「わあ、大《おお》きいですね。これなら、チビがくらす場所《ばしょ》がじゅうぶんありますよ」

と、アインシュタインがいいました。

それから、動物探偵《どうぶつたんてい》たちは庭《にわ》のしげみにかくれ、ミアとチビだけが家《いえ》まで歩《ある》いていきました。げんかんにつくと、デイビッドと両親《りょうしん》が出《で》むかえてくれました。

「ミア、チビをなかにつれてきてくれる？」

デイビッドのお母《かあ》さんがいいました。

「まだわたしたちになれていないから、あなたがそばにいたほうが、おちつくと思《おも》うの」

ミアとチビは、広《ひろ》いリビングルームに案内《あんない》されました。ひくいテーブルには、おいしそうなケーキがならんでいます。

「歩《ある》いてきたら、おなかがすくんじゃないかと思《おも》って」

と、デイビッドがいいました。

ミアはひくいテーブルを見《み》て、ドキッとしました。

「気《き》をつけて」

と、チビに声《こえ》をかけましたが、チビは聞《き》いていません。デイビッドにあいさつしているチビは、デイビッドにまけないくらい、おおはしゃぎしています。

「きみがここでくらせたら、すごくうれしいな」

デイビッドがむちゅうになって、チビに話《はな》しかけます。

「ぼくもだよ」

チビは元気《げんき》よくほほえました。

「もう、ここが気《き》に入《い》ったよ！」

そういうと、デイビッドの手《て》をなめて、長《なが》いしっぽをうれしそうにふります。ミアが青《あお》くなって見《み》ている前《まえ》で、チビのしっぽはひく

いテーブルの上《うえ》をはらい、ケーキののったおさらがすっとんでいって、ガチャンとゆかに落《お》ちました。

「たいへん！」

ミアは声《こえ》をあげました。

「ほんとうに、ごめんなさい」

「ぼくも、ごめんなさい」

チビもしょんぼりといい

ました。もうしっぽをふっていません。うしろ足《あし》のあいだにはさんでいます。
「ぼく、またなにもかも、だいなしにしちゃった」
ところが、ミアがほっとしたことに、デイビッドのお母《かあ》さんはテーブルのまわりを歩《ある》いていって、チビの頭《あたま》をなでました。

「だいじょうぶよ。わたしのせいだから。そこまで考《かんが》えていなかったの」

デイビッドのお父《とう》さんも、チビをなでました。

「チビが安全《あんぜん》にすごせるように、じゅんびをしたつもりだったけど、どうもこれからいろいろ学《まな》ばないといけないようだな」

ミアはびっくりして、デイビッドの両親《りょうしん》の顔《かお》を見《み》ました。

「チビがしっぽをふって物《もの》をたおしちゃっても、だいじょうぶなんですか?」

「だいじょうぶだ」

と、お父《とう》さんがいいました。

「しっぽをふるのは、よろこんでいるからだろう？　チビがうちを気《き》に入《い》ってくれて、よかったよ」

「これからもずっとそうだといいわね」

と、お母《かあ》さんがいいました。

デイビッドがにっこりしました。

「それって、チビがここでくらしていいってこと？」

デイビッドは返事《へんじ》を待《ま》ちました。そして両親《りょうしん》がふたりとも笑顔《えがお》でうなずいたとたん、チビを両《りょう》うでで だきしめました。

「やった！　ぼくの犬《いぬ》だ！」

「やった！　ぼくの男《おとこ》の子《こ》だ！」

と、チビがいいました。

　タウンゼンドさんは、デイビッドとチビがいっしょにいるところを写真《しゃしん》にとって、いいました。

「プリントして写真立《しゃしんた》てに入《い》れて、リリーさんにプレゼントするつもりなんだよ。ピクニックのときにわたしたら、よろこんでくれるん

じゃないかな」

ミアはそれを聞《き》いて、にっこりうなずきました。チビとデイビッドがなかよくしているのも、チビとリリーさんがこれからも会《あ》えるとわかったのも、とってもうれしいことです。


みんなが大《おお》きな犬《いぬ》をかわいがっているあいだ、ミアはそっと庭《にわ》に出《で》ていきました。そして、待《ま》っていた動物探偵団《どうぶつたんていだん》のなかまたちに、うまくいったよ、と親指《おやゆび》をあげて合図《あいず》しました。

なかまたちは、かくれていた場所《ばしょ》からとびだして、いそいそとミアのまわりに集《あつ》まります。
プラトンがたかだかと声《こえ》をあげました。
「みんなハッピー!!
これにて一件落着《いっけんらくちゃく》じゃ！」

MIA CLUB MIA CLUB MIA CLUB
ミア・クラブ
ハッピー♡エピローグ
約束通《やくそくどお》り、リリーさんと
ピクニックをしたよ!
こんにちは!
リリーさんに会《あ》えて
チビもうれしそう
手土産《てみやげ》は
プリムローズで
人気《にんき》の
カップケーキ
しぼりたての
ジュースも!
MIA CLUB MIA CLUB MIA CLUB

MIA CLUB
ランチは
サンドイッチ♪
ダメ〜!
プレゼントの写真《しゃしん》。
リリーさん喜《よろこ》んでくれたよ
チビ
よかったね
またこうやってみんなで集《あつ》まろうね!

MIA CLUB
ミア・クラブ
行《い》こう！
マリンルック♪
ファッションを
海《うみ》に泳《およ》ぎに行く日《ひ》の
おでかけ
マリンコーデ
セーラーえりが
マリン感《かん》をUP《アップ》!
ボーダーが
アクセント!
いかりマークが
かわいい♡
サングラスで
おしゃれに
きめちゃお!
あえてシューズで
ひきしめて!
MIA CLUB MIA CLUB MIA CLUB MIA CLUB

MIA CLUB MIA CLUB
海《うみ》に遊《あそ》びにおでかけ
海辺《うみべ》にピッタリの
チェックしよう！
海辺《うみべ》のカフェでおしゃべり♪
リラックスマリンコーデ
ボーダーがミアの
ハーフパンツと
リンク♪
ヘアアクセに
海辺《うみべ》のお花《はな》を♡
ポイントの
リボンで
ガーリーに!
マーメイド感《かん》
たっぷりのポシェット
お花《はな》で
かわいらしさを
プラス!
チャームが
ゆれてかわいい♡
みんなも海辺《うみべ》のおしゃれを楽《たの》しんでね!

あなたはどの動物探偵《どうぶつたんてい》ミアシリーズが好《す》き？

オークの木《き》に住《す》む仲間《なかま》たちとショータイム！？

パチパチ度《ど》 🐾🐾🐾

迷子《まいご》のネコ。あなたはだあれ？？

？？？度《ど》 🐾🐾🐾

ねこたちのごはんが盗《ぬす》まれた！犯人《はんにん》はバン！？

フムフム度《ど》 🐾🐾🐾

新《あたら》しく島《しま》に来《き》たアルパカと友《とも》だちになれる？

ベチャベチャ度《ど》 🐾🐾🐾

大《おお》どろぼうが大事《だいじ》なものを盗《ぬす》んでいく！

！？

ハラハラ度《ど》 🐾🐾🐾

ハリネズミのルルを
助《たす》けないと！

メラメラ度《ど》
🐾🐾🐾

魔法《まほう》のネックレスで
動物《どうぶつ》と話《はな》せるように！？

ワクワク度《ど》
🐾🐾🐾

映画《えいが》の撮影《さつえい》に
参加《さんか》することに
なっちゃった！？

キラキラ度《ど》
🐾🐾🐾

いよいよ学校《がっこう》！
どんな友《とも》だちが
できるかな？

ウキウキ度《ど》
🐾🐾🐾

シャナリーが
行方《ゆくえ》不明《ふめい》に
なっちゃった！

ズキズキ度《ど》
🐾🐾🐾

たからさがしで
島《まち》中《じゅう》穴《あな》ぼこ
だらけに……！

ボコボコ度《ど》
🐾🐾🐾

羊《ひつじ》たちのレースは
うまくいくの？

ヒヤヒヤ度《ど》
🐾🐾🐾

作 ダイアナ・キンプトン

イギリス在住。数学の教師として学校ではたらいたあと、子どもの本の作家になった。いままでに40冊以上の本を書いている。動物がだいすきで、特にポニーがお気に入り♪じぶんの馬ももっている。

訳 武富博子《たけとみひろこ》

東京都生まれ。上智大学法学部卒業。子ども時代をオーストラリアとアメリカですごし、ねこをかっていた。訳書に「列車探偵ハル」シリーズ（早川書房）、『アップステージ　シャイなわたしが舞台に立つまで』「魔法ねこベルベット」シリーズ（以上、評論社）など。

絵 花珠《かず》

徳島県生まれ、岐阜県在住のイラストレーター。独特の色づかいが魅力で、物語性あふれるメルヘンなイラストが得意。挿絵作品に『名探偵テスとミナ』（文響社）、『おんなのこのめいさくだいすき』（西東社）、著作あそび絵本『まほうのしたてやメルリィ』（西東社）などがある。

動物探偵ミア⑬

動物探偵《どうぶつたんてい》ミア

ハッピー×ハッピー大作戦《だいさくせん》！

2024年4月　第1刷

作 ダイアナ・キンプトン ／ 訳 武富博子 ／ 絵 花珠

発行者 加藤裕樹 ／ 編集 杉本文香　斉藤尚美

ブックデザイン 岡崎加奈子（ポプラ社デザイン室）

発行所 株式会社ポプラ社　〒141-8210 東京都品川区西五反田3-5-8　JR目黒MARCビル12階

ホームページ　www.poplar.co.jp

印刷／製本 中央精版印刷株式会社

Printed in Japan

N.D.C.933／159P／18cm ISBN 978-4-591-18153-9

P4121013